HEDWIGE

OU

LE CHRISTIANISME EN LITHUANIE

TOME II.

LILLE
L. LEFORT,
Imprimeurs-Libraires

PARIS
A. LECLÈRE ET C,

N° 517

HEDWIGE

HEDWIGE

OU

LE CHRISTIANISME EN LITHUANIE

Légende polonaise du XIVe siècle.

DEUXIÈME PARTIE.

LILLE

L. LEFORT, IMPRIMEUR-LIBRAIRE.

1852

HEDWIGE

XV

Par sa fidélité, par ses soins, Jagellon s'était efforcé de consoler la douleur d'Hedwige et de lui rendre plus heureuse encore cette vie que la Providence avait déjà faite si belle. Dans sa reconnaissance, Hedwige à son tour redoublait de prévenances et d'affection pour son royal époux, et bénissait Dieu de lui avoir donné une si douce consolation.

Le Christianisme régnait en Lithuanie; la présence de ses souverains n'y était plus nécessaire, et la Pologne redemandait Hedwige et Jagellon. Les nouveaux Chrétiens apprirent bientôt que la voie du Ciel est la voie des sacrifices, et une douloureuse séparation causa à ses sujets les premières larmes que Jagellon leur eût fait répandre.

Quelque temps après le retour du roi et d'Hedwige à Cracovie, une sombre mélancolie s'empara du cœur de Jagellon. Son front était chargé d'ennuis; au lieu de ces paroles pleines de tendresse dont il saluait l'approche d'Hedwige, il n'avait plus pour elle que de froids saluts et des regards où la pieuse reine croyait démêler le mépris.

Chaque action d'Hedwige était soupçonnée ; toutes ses démarches, suivies, épiées, devenaient l'objet de questions brusques ou insidieuses, et la reine, qui ne comprenait rien à une conduite si étrange, endurait un supplice qu'elle n'avait jamais connu.

Enfin, comme ces nuages légers qui courent sur l'aile des vents, s'amoncellent, portant dans leurs flancs la tempête, les chagrins que Jagellon renfermait dans son cœur éclatèrent tout-à-coup sur la tête d'Hedwige, un moment courbée sous cet orage imprévu. Elle, la pieuse Hedwige, l'épouse sans tache, elle est accusée d'une faute dont la pensée seule est un crime.

Hedwige, sous le poids de cette calomnie, accablée par les reproches d'un époux irrité, s'inclina devant Dieu, qui connaît son cœur et la juge. Indignée de se voir flétrie par de si odieux soupçons, elle garde le silence, et ne daigne même pas protester de son innocence au tribunal de son époux.

Jagellon, nouveau chrétien, ne comprenait pas la sublimité de cet éloquent silence, et sa fureur augmentant à mesure qu'Hedwige négligeait de se justifier, il l'accabla de reproches, et annonça même hautement son intention de répudier la femme qu'il avait si tendrement aimée !

Hedwige s'était résignée à souffrir en secret, à l'exemple des saints ; mais la gloire de Dieu demandait qu'elle protestât contre un scandale public. Parée de ses habits royaux, le sceptre à la main, la couronne au front, elle se présenta devant le roi ; et en face de tous les seigneurs rassemblés :

« Sire roi, dit-elle, et vous, messeigneurs, accusée d'un crime si odieux à ma pensée que jamais elle n'eût osé le concevoir, j'avais espéré que ma conduite, durant ma vie tout entière, suffirait pour prouver mon innocence, et je n'ai pas élevé la voix. On ne m'a entendue ni me justifier ni me plaindre; je pouvais pleurer, mais je dédaignais de me plaindre. Sire roi, votre tendresse a méconnu celle qui préfère l'honneur à la vie; ce n'est donc plus à votre cœur que je m'adresse, c'est à votre justice que je demande ce que le dernier de vos sujets a droit d'en attendre. Pour votre honneur, qui est le mien, pour mon honneur, qui est le vôtre, je demande à vous, sire, à vous, messeigneurs et chevaliers, le nom de mes accusateurs et un jugement public et solennel. »

La majesté de la douleur, la fierté de l'innocence outragée, rayonnaient sur le beau front d'Hedwige; sa voix était émue, et chacune de ces paroles vibrait au fond des âmes et y faisait soulever les sentiments d'honneur et de pitié qu'excite toujours une grande infortune.

Jagellon, subjugué par cet ascendant irrésistible qu'exerce la vertu, se leva, et la main posée sur la poitrine comme pour attester la vérité de ses paroles, il balbutia le nom de Gniewosz.

« Traître à sa reine comme il le fut au duc Guillaume, dit Hedwige avec l'accent du plus profond mépris. Quand pour me faire renoncer à une alliance qui m'était chère et que je regardais comme sacrée, on avait juré la mort de ce prince, il allait l'en prévenir lui-même, et d'un autre côté, il soudoyait des assassins... Quand Guillaume, son hôte, lui laissait en fuyant ses trésors en bonne et fidèle garde, il jurait sur l'hon-

neur que ce dépôt serait rendu, et cet or
a servi pour agrandir les domaines du dé-
loyal.....

» — Qui vous l'a dit, reine? interrom-
pit Jagellon avec fureur.

» — Ma mère, répondit Hedwige avec
dignité, car, je le jure, je n'ai jamais revu
le duc d'Autriche.

» — Une diète sera convoquée à Wis-
lica, dit le roi en tendant la main à la reine,
et votre accusateur, madame, y sera jugé
par ses pairs.

» — Et moi, jusque-là, seigneur, permettez que je dépose au pied du trône cette
couronne, ce sceptre qu'on m'a jugée indigne de porter. Permettez que je me dé-
pouille de mes royales parures, et que, sous
le cilice et le deuil, j'attende le jour de la
justification et de la délivrance. »

En disant ces mots, Hedwige remit en effet aux mains de Jagellon les insignes de la suprême puissance, et quittant le manteau et la robe de reine, parut aux yeux de l'assemblée revêtue des habits de deuil. Puis elle se retira dans ses appartements qu'elle ne quitta que pour se rendre au noble tribunal qui devait juger sa cause.

XVI

Le jour qui devait éclairer le triomphe
de la vertu sur la calomnie était venu. La
cour plénière était assemblée; Gniewosz trem-
blant voyait tous les regards se fixer sur lui
avec indignation, et tous les tourments de
l'enfer se disputaient son cœur.

Dans une enceinte réservée, Hedwige,
couverte d'un voile noir, était assise sur un
escabeau de bois; une barrière la séparait
des barons, chevaliers, dames, demoiselles
et serviteurs de sa maison. La vieille Edga,

qui l'avait nourrie de son lait, avait voulu, quoique presque mourante, être amenée pour rendre justice à cette pauvre accusée qu'elle appelait son enfant, et demandait à Dieu quelques heures de vie pour entendre proclamer l'innocence d'Hedwige.

Un trône magnifique attendait Jagellon. Près de ce trône, Gniewosz l'accusateur occupait un fauteuil placé sur une estrade. Les palatins, les hauts barons, rangés en cercle dans une galerie préparée à cet effet, faisaient face au trône et au chambellan de Cracovie.

Une compagnie des gardes s'avance et se range autour du trône encore vide; quatre hérauts la suivent, portant sur des coussins de velours ornés de crépines d'or, le sceptre, la masse, la couronne et l'épée de Jagellon. Douze pages le précèdent, et quand il met le pied sur le seuil de la porte, les hérauts crient ensemble : « Le roi ! »

L'assemblée entière se lève et s'incline. Le roi prend place et s'assied. Tous l'imitent sur un signe de sa volonté ; la royale procédure va s'ouvrir.

L'archevêque de Gnesen s'avance au pied du trône, salue le roi ; et se tournant vers Gniewosz :

« Comte chambellan, lui dit-il, soutenez-vous l'accusation que vous avez portée contre la reine ?

» — Oui, murmure Gniewosz, je la soutiens.

» — Hedwige, fille de Louis d'Anjou et d'Élisabeth, princesse de Hongrie, Hedwige, reine de Pologne et de Lithuanie, vous êtes accusée devant Dieu et devant les hommes, par le comte Gniewosz, vice-chambellan de Cracovie, ici présent. Répondez. »

La reine se leva et fit un pas vers le trône :

« Devant Dieu, devant le roi, devant vous, messeigneurs, dit-elle d'une voix forte et calme, je le jure, je suis innocente !... J'ai porté en dot au grand-duc de Lithuanie un cœur pur, une foi entière ; je lui ai gardé l'un et l'autre sans tache et sans souillure. Que toute ma maison, présente ici, se lève contre moi, si, depuis mon mariage, j'ai une fois, une seule, vu et entretenu le duc Guillaume d'Autriche, autrefois mon fiancé !

» — Jamais, nous le jurons, » s'écrièrent d'une seule voix tous les serviteurs de la reine.

« Jamais, dit Edga de sa voix agonisante, je le jure ; et vous devez me croire, messeigneurs, car je n'ai jamais sali mes lèvres par un mensonge ; vous devez me croire, car je vais mourir. »

Deux prêtres déposèrent un Crucifix sur une table placée devant le trône ; Hedwige la première, et tous ceux de sa maison après elle, vinrent étendre la main sur cet objet sacré et renouveler leur serment. On porta la Croix à la vieille nourrice ; elle y colla ses lèvres, et répéta :

« Hedwige n'a point failli : je le jure. »

La reine courut à sa vieille amie, et, s'agenouillant près d'elle, elle lui demanda sa bénédiction. Et a 'leva vers le Ciel ses mains déjà glacées : « Sois bénie, enfant de grace et l'amour de mon cœur, dit-elle, et que la colère de Dieu tombe éclatante et terrible sur tes persécuteurs ! »

Alors un des hérauts demanda au nom du roi s'il se trouvait dans l'assemblée quelque chevalier qui voulût être le tenant de la reine, contre le seigneur Gniewosz qui ne retirait point son accusation.

A cet appel Jean Tenozynski, castellan de Pologne, s'avança fièrement au pied du fauteuil de Gniewosz, et lui jeta son gant au visage en l'injuriant et en le provoquant au combat. Douze autres chevaliers suivirent cet exemple, et tous, jurant sur la Croix que l'honneur de la reine était à l'abri du plus léger soupçon, défièrent le comte et lui offrirent le combat à outrance.

Un tremblement universel s'empara du malheureux calomniateur. Il demanda merci, et avoua son crime et sa honte.

Un cri unanime de joie se fit entendre à cette déclaration. La bonne Edga, comme si son âme eut attendu ce moment pour re- monter vers Dieu, déposa un baiser maternel sur le front d'Hedwige (agenouillée toujours) près d'elle, et murmurant le *Nunc dimittis*, elle rendit le dernier soupir.

Le sénat condamna Gniewosz à subir surle-champ la peine de son crime : en présence du roi, dont il avait troublé si cruellement le bonheur, de la douce Hedwige, dont il avait outragé l'angélique vertu, de tous ces pairs et seigneurs, l'élite de la noblesse Polonaise, il fallut que, « courbé sous un » banc, il déclarât avoir aboyé malhonnête- » ment comme un chien contre la vertueuse » et chaste reine, sa souveraine, et, après » avoir dit ces paroles, qu'il imitât par trois » fois l'aboiement d'un chien [1]. »

Le roi, dans son indignation, voulait prononcer contre le coupable un arrêt d'exil et faire séquestrer tous ses biens ; mais Hed-

[1] Notice sur Hedwige, par M. de Montalembert.

wige, assez vengée par la honte de son accusateur, se jeta aux pieds de Jagellon, et le
supplia, au nom de son honneur qui venait
de lui être rendu, de faire éclater sa clémence envers Gniewosz et de l'abandonner,
pour toute punition, aux reproches de sa
conscience.

Jagellon arracha le voile funèbre qui voi-
lait le front de son épouse chérie, et repla-
çant la couronne sur cette tête charmante,
il rendit à Hedwige le sceptre de la puissance, en lui disant d'une voix émue :

« Dominez et régnez !

» — Pour la miséricorde, mon seigneur ? demanda Hedwige avec un céleste
sourire.

» — Ainsi que sera votre bon plaisir,
chère dame, répondit le roi. »

Descendant alors les degrés du trône, et

touchant de son sceptre d'or son accusateur humilié :

« Comte Gniewosz, dit la reine avec un accent de touchante mansuétude, recevez notre royal pardon, et que la paix de Dieu soit avec ce pardon donnée à votre repentir. »

Les sanglots du coupable furent sa seule réponse, et Dieu sans doute exauça la douce prière d'Hedwige, car, retiré dans un des saints asiles ouverts par la religion à la pénitence, il y pleura ses erreurs jusqu'au moment de sa mort.

XVII

Depuis que l'innocence de la reine avait été reconnue d'une manière si solennelle, il semblait que Jagellon sentait redoubler les sentiments d'amour et de vénération dont son cœur était rempli pour sa belle et chaste épouse. La paix et le bonheur avaient fixé leur séjour près de ce couple auguste, et rien ne troubla dans la suite des années cette paix délicieuse et ce bonheur sans mélange.

Les chevaliers Teutoniques, ces implacables et cruels ennemis de la Lithuanie, avaient porté de nouveau le fer et la flamme dans ce malheureux pays. C'était un devoir pour Jagellon de voler à sa défense ; aussi, quittant son Hedwige pour sa patrie, il se hâta de rassembler ses troupes et de porter secours à ses sujets opprimés.

A peine avait-il quitté Cracovie, qu'un danger imminent menace la Pologne. Les Hongrois s'avancent vers ses frontières, et bientôt peut-être ils seront les maîtres et les vainqueurs de cette noble contrée.

Hedwige, informée du péril, donne aussitôt ses ordres pour qu'une armée soit prête à se mettre en campagne dans le plus court délai.

« Reine, lui dit-on quand sa volonté eut reçu son exécution, vos soldats sont prêts. Mais le roi est absent ; qui sera leur chef ?

» — Moi, répondit Hedwige avec une

noble assurance, et, Dieu aidant, je saurai vaincre ou mourir avec eux. »

Le lendemain, la reine descendit au milieu de ses fidèles guerriers rassemblés pour défendre ses droits. Une légère cuirasse recouvre sa robe d'amazone, et ses blonds cheveux s'échappent par boucles d'un casque d'acier poli, que surmonte un blanc panache.

Elle s'élance sur une haquenée éblouissante, et parcourt tous les rangs de l'armée en adressant à chacun de ces paroles gracieuses qui doublent de prix dans la bouche des rois. Un enthousiasme impossible à décrire s'empare de tous les cœurs, et des acclamations d'admiration et d'amour accueillent la jeune souveraine. Sous ses ordres, ils sont sûrs de la victoire, ces soldats qu'arrêtait tout-à-l'heure la pensée de marcher au combat sans un chef digne d'eux, et maintenant leur impatience égale leur ardeur.

Hedwige sut profiter de cet enthousiasme pour les intérêts de la Pologne. La prudence présidait à ses plans de guerre ; l'intrépidité assurait leur succès. A la tête de cette armée qui l'idolâtre, et dont l'obéissance à ses ordres est la première preuve d'amour, elle pénètre dans la Russie-Rouge [1], et la victoire y suit ses pas.

Les villes et les forteresses sont emportées d'assaut ou se rendent à discrétion. Przemisl, Jaroslaw, Haliez, Lemberg tombent en son pouvoir ; et bientôt toute cette vaste province, que Louis d'Anjou avait enlevée à la Pologne pour l'unir à la couronne de Hongrie, se trouva rendue à cette patrie mère dont elle gardait encore le souvenir et l'amour. Hedwige répara dans cette

[1] Aujourd'hui le royaume de Gallicie.

glorieuse campagne l'injustice d'un père qu'elle chérissait, mais qui ne pouvait l'emporter, si précieuse que fût sa mémoire, sur les intérêts de ce royaume, dont elle était moins encore la souveraine que la mère.

La charité la plus tendre envers les vaincus, la clémence la plus magnanime pour les rebelles, une générosité vraiment royale dans tous ses actes, rendirent Hedwige l'idole de ces sujets nouveaux que venait de conquérir son jeune courage, et s'ils se trouvaient heureux d'être redevenus Polonais, c'était surtout parce que ce titre les rangeait sous les lois d'Hedwige.

La Russie-Rouge était à peine conquise, et déjà la jeune reine méditait de nouvelles victoires. Ladislas, duc d'Oppeln, avait usurpé les possessions Polonaises situées en Silésie ; Hedwige voulut les rendre aussi au royaume de Pologne ; et comme le bras de Dieu soutient l'armée qui combat pour la justice, combattre et vaincre fut pour les soldats d'Hedwige une seule et même chose.

XVIII

Lᴀ renommée aux cent voix, qui trahit tant de secrets, avait gardé celui d'Hedwige, et Jagellon, tout aux affaires de sa patrie, ignorait complètement et le courage et les triomphes de la reine.

Aussi quelle fut son admiration quand Hedwige, si heureuse de son retour, lui montra avec un noble orgueil les étendards qui attestaient ses victoires ! Quelle joie remplit son cœur en l'entendant faire avec une douce naïveté le récit des périls qu'elle avait courus, et de la bénédiction donnée à son bras par le Dieu des armées ! Fier de sa gloire, il en recueillit l'éclat avec bonheur, et de ce jour Hedwige lui fut plus chère encore.

Qu'ils rougissent donc, ceux qui disent que la Religion n'est propre qu'à remplir le cœur de faiblesse et de lâcheté ! Qu'ils rougissent et qu'ils se taisent ! C'est dans la Religion qu'Hedwige, fiancée de Guillaume, a trouvé des forces contre son propre cœur pour se combattre et pour se vaincre. Epouse de Jagellon, la Religion encore la rend forte contre la calomnie. Reine de Pologne, son courage ne balance pas un instant entre un devoir sacré et la crainte de trouver sur le champ de bataille une mort prématurée. N'est-elle donc pas la religion des héros, cette religion qui donne à une faible femme l'intrépidité d'un autre sexe, et qui, depuis son origine au Calvaire, a pu montrer dans tous les siècles et ses grands hommes et ses martyrs ?

Aussi était-ce à Dieu que cette noble princesse, appelée déjà par ses sujets la sainte reine, rendait gloire du succès de ses armes, et de pieuses fondations, d'abondantes aumônes, témoignaient au Ciel sa reconnaissance et manifestaient sa profonde humiliation sous la main puissante qui régit les rois.

Jagellon avait soumis les chevaliers Teutoniques; mais ce triomphe n'était qu'une trève entre lui et ces ennemis aussi perfides que redoutables. La Lithuanie, d'ailleurs, avait dans son sein des fléaux plus cruels encore ; la haine et l'ambition qui divisaient les princes de la maison souveraine, et qui leur mettaient à chaque moment les armes à la main. Après deux années de paix, une lutte sanglante vint renouveler les douleurs du peuple et les craintes de Jagellon ; car la division des princes devenait, pour les ennemis extérieurs du grand-duché, une occasion nouvelle de déployer contre ce pays toute la perfidie qui faisait la base de leurs expéditions.

Le roi se souvint des bénédictions qui avaient accueilli Hedwige il y avait six ans à peine, lorsque pour la première fois elle était venue au milieu de sa famille et de son peuple, et il résolut d'employer sa douce médiation pour amener une paix durable.

Elle suivit donc son époux en Lithuanie, et avec sa grace accoutumée, commença l'œuvre si difficile qu'elle entreprenait pour lui complaire. L'esprit de miséricorde ins-

pirait toutes ses paroles, et devant elles les
esprits les plus prévenus sentaient s'amollir
et tomber leur haine et leurs résolutions.
D'un commun accord les princes Lithuaniens
la choisirent pour juge de leurs différends
qu'ils lui soumirent. Elle écouta leurs plain-
tes, et par sa sagesse, par l'invincible ascendant qu'elle sut prendre sur eux, ils se
réconcilièrent sincèrement, et par un acte
solennel, ils promirent que désormais au lieu
de se faire une guerre acharnée, ils pren-
draient immédiatement pour arbitre de leurs
intérêts mutuels la jeune et sage reine, dont
la décision serait reçue sans appel.

Ainsi la douce Hedwige voyait rayonner
autour d'elle toutes les gloires. Sur les champs
de bataille, la victoire était venue se ranger
sous ses étendards; maintenant, la persua-
sion était sur ses lèvres, et le triomphe de la

charité sur la haine, de la paix sur la guerre
et du bon droit sur l'injustice, lui donnait
un titre de plus à l'admiration, au respect,
à l'amour.

XIX

A peine la Lithuanie goûtait-elle le bonheur de voir ses princes unis entre eux et revenus à des sentiments dignes de la foi qu'ils avaient embrassée, que de nouvelles invasions la désolèrent. Les chevaliers Teutoniques, redoublant de cruauté à mesure qu'ils se croyaient plus forts, menaçaient de toutes parts cette malheureuse contrée, dont ils voulaient la ruine entière.

Jagellon avait résolu de porter à ces continuels ennemis de sa chère patrie, un coup décisif et mortel. C'était la guerre du désespoir, sans bornes ni mesures, avec son hideux cortège de fureurs outrées, de sanglantes représailles. On tremblait à la seule pensée des excès possibles où se laisseraient entraîner ces hommes des deux partis, tous braves et hardis au combat, et pour tâcher d'éviter les malheurs prévus, ses amis communs obtinrent du roi et du grand-maître qu'ils auraient à Jwonoclaw une conférence avant de commencer les hostilités.

Mais les seigneurs Polonais, connaissant l'irascibilité de Jagellon et ses trop justes sujets de plainte contre les chevaliers, craignirent que la colère du roi ne devînt un obstacle au projet de paix qu'ils avaient formé. Ils redoutaient aussi la perfidie des ennemis, au milieu desquels ce prince allait se trouver, et ils vinrent supplier Hedwige d'entre-

prendre cette dangereuse et difficile négo-
ciation.

La reine y consentit d'autant plus volontiers qu'elle tremblait elle-même pour la vie
de Jagellon, dont elle savait mieux que personne et le cœur fier et l'esprit indomptable.
Après avoir obtenu l'agrément de son époux,
elle partit pour la Cujavie avec plusieurs
évêques et barons Lithuaniens et Polonais,
et fit à Jwonoclaw une entrée solennelle que
relevait la majesté d'une suite nombreuse et
brillante.

Conrad de Jungen, grand-maître de l'ordre, l'y attendait avec les principaux commandeurs, et tous la reçurent avec les
marques du respect le plus profond.

Les conférences s'ouvrirent ; mais la suave
éloquence d'Hedwige devait échouer contre
les projets de ces hommes au cœur d'acier,

qui ne connaissaient d'autres sentiments que l'ambition, la haine et la vengeance.

La reine, qui souhaitait la paix, et pour la sûreté de Jagellon, et pour la prospérité de la Lithuanie, fit aux orgueilleux chevaliers toutes les concessions qui pouvaient s'harmonier avec l'honneur et la gloire du prince et du royaume. Sans leur reprocher la félonie de leur conduite, elle leur proposa d'équitables conditions, pour obtenir la restitution des baronies, terres et comtés usurpés par eux en Lithuanie; mais ils refusèrent toutes ses propositions sous de vains et frivoles prétextes.

¹ « Alors, dit un chroniqueur (DLUGLOSZ),
» cette femme bénie, inspirée du Ciel, les
» foudroya par son indignation. « Vous êtes

¹ Notice sur Hedwige, reine de Pologne, par M. le comte de Montalembert.

» si avides, leur dit-elle, que vous trahissez
» par votre avarice non-seulement le roi
» votre seigneur, mais Dieu même. Vous
» avez juré fidélité et vassalité aux rois de
» Pologne, comme à vos seigneurs et bien-
» faiteurs, qui vous ont souvent protégés
» contre les païens, et vous n'avez rien tenu !
» Vous vous dites hommes de religion, et
» vous arrachez de force aux pauvres gens
» leurs biens, comme des brigands ; et tout
» cela, étant chrétiens et non païens : Je ne
» sais pas, en vérité, comment vous avez
» le cœur de commettre tant de brigandages
» et de cruautés ! Mais vous verrez, ajouta-
» t-elle, tant que je vivrai, je réussirai
» peut-être à dissuader le roi de vous faire
» la guerre ; car, avant tout, je désire que
» le sang chrétien ne soit pas versé. Mais
» quand je serai morte, vous recevrez le juste

» châtiment d'une si indigne conduite ; le
» juste Dieu vous paiera le prix de votre
» ingratitude et de votre insatiable cupi-
» dité. »

Ces paroles d'Hedwige étaient une sorte
de prophétie, car lorsque le Ciel l'eut rede-
mandée à la terre, une guerre sanglante eut
lieu entre les chevaliers Teutoniques et le
roi de Pologne, et celui-ci remporta sur
l'ordre, à Grünberg et à Tannenberg, deux
victoires qui portèrent un coup mortel à cette
société si indigne de son origine toute chrétienne.

Le grand-maître et les commandeurs réu-
nis à Jwonoclaw eussent cédé à l'influence
irrésistible qu'exerçait Hedwige sur tout ce
qui l'entourait, sans cette déplorable cupi-
dité, passion dominante chez les chevaliers
Teutoniques, et qui les conduisit à leur

perte. Tout en résistant à la reine, ils lui témoignèrent hautement quelle admiration leur inspirait ses vertus, et tous, suivis de leurs hommes d'armes, varlets et écuyers, se rendirent au palais qu'habitait Hedwige, pour la remercier dans une audience solennelle des efforts généreux, par lesquels elle avait cherché le maintien de la paix.

Ainsi, même en échouant dans ses nobles entreprises, Hedwige y trouvait encore la gloire, et ses ennemis eux-mêmes n'avaient qu'une voix pour célébrer ses louanges.

XX

Malgré sa pieuse sollicitude pour les intérêts de la Lithuanie, Hedwige était avant
tout reine de Pologne, et tout ce qui tou-
chait aux droits, à la gloire ou à la prospérité de son royaume, était défendu par elle
avec la vivacité du zèle le plus ardent. La
charité qui animait son cœur la portait au
secours des Lithuaniens opprimés; mais s'il
s'agissait des enfants de la Pologne, c'était
un amour de mère qui s'éveillait dans son
âme, et rien n'était capable de paralyser la
volonté de cet amour.

Spithkon, palatin de Cracovie, favori de Jagellon, avait reçu de lui, à titre de fief perpétuel, l'investiture de la Podolie. Instruite de ce présent qui blessait les lois de sa patrie, Hedwige eut le courage de s'opposer à la volonté de Jagellon, qui pourtant s'irritait des obstacles, de quelque part qu'ils vinssent. La reine protesta avec tant de fermeté contre cet acte de son royal époux qu'il s'empressa de l'anéantir, pressé par la justesse et la force des raisonnements de sa chère Hedwige.

Malgré cette piété toute fervente dont l'âme d'Hedwige était le sanctuaire, elle s'opposa encore de tout son pouvoir à une guerre dont le but semblait devoir exalter l'enthousiasme d'un cœur tel que le sien.

Witold, frère de Jagellon, avait résolu de combattre les Tartares, et il appelait aux

armes contre ces infidèles, et les Lithuaniens,
et les Polonais. Ces derniers, animés de la
foi des premiers siècles, étaient prêts à prendre la Croix, et à s'en courir *guerroyer pour
Monseigneur Jésus-Christ, la Dame Vierge
Marie et les saints.* Mais la reine déploya
contre cette entreprise toute la vigueur de sa
volonté. Elle avait pesé devant le Seigneur
les forces respectives des deux puissances;
elle savait que Dieu, s'il bénit le zèle, n'accorde pas le secours de sa droite à la témérité, et dans sa sagesse elle refusa de sanctionner l'édit qui enjoignait aux guerriers de
Pologne d'unir leurs armes à celles des soldats de Witold.

Ce refus d'Hedwige occasionna bien des
murmures, et celle que le peuple nommait
déjà la sainte reine eut la douleur de voir
soupçonner sa foi. Les prélats eux-mêmes

lui adressèrent de touchantes exhortations;
ils descendirent même jusqu'à la prier de ne
pas priver ses fidèles sujets de l'honneur du
martyre ou de l'apostolat. Mais Hedwige,
éclairée par l'esprit de Dieu, persista dans
sa résolution. Une défaite terrible suivit une
guerre désastreuse, et cette fois encore la
gloire d'avoir préservé la Pologne d'un deuil
universel, rendit Hedwige de plus en plus
chère à ceux dont son sceptre maternel ga-
rantissait si bien l'honneur et savait si bien
sauver la vie.

Les louanges que donnait la Pologne à sa
reine bien-aimée avaient leur écho dans tout
l'univers. Aussi les Hongrois, à la mort de
leur reine Marie, sœur aînée d'Hedwige,
pensèrent-ils à lui offrir la couronne qu'elle
laissait tomber. Sigismond de Luxembourg,
que cette volonté des Hongrois privait du

trône, vint à Gracovie pour supplier sa belle-
sœur de ne pas accepter l'offre qu'on s'ap-
prêtait à lui faire, et de renouveler au con-
traire l'alliance déjà formée entre eux :

« Ne craignez rien, cher siro frère, répondit Hedwige; Dieu m'a mis au front une
couronne ; elle est lourde assez pour ma
faiblesse, et mon cœur est trop polonais pour
désirer autre patrie et trône. »

Rassuré par ces paroles, Sigismond re-
prit la route de Hongrie, et le refus de la
vertueuse Hedwige assura sur son front sa
couronne chancelante, qui, plus tard, devait briller de tant d'éclat.

Pour faire jouir ses sujets des bienfaits
de la science, elle rétablit à Casimierz le
collège général fondé par Casimir ii, et là,
comme dans les autres maisons destinées à
l'étude, elle payait les pensions d'une mul-

titude de jeunes étudiants, que leur pau-
vreté eût privés du pain scientifique dont
leur intelligence avait faim. Elle fonda à
Prague un magnifique collège, doté richement, et destiné à l'éducation de l'élite des
familles Lithuaniennes, « afin, disait-elle,
d'arroser les nouvelles semences de la foi
orthodoxe que son mari avait plantée en
Lithuanie. »

Là science était le délassement d'Hedwige,
elle en faisait ses plus chères délices; et dans
sa pensée toujours miséricordieuse, elle avait
voulu que ses sujets y trouvassent comme
elle le repos après la fatigue, le loisir après
le travail. On l'accusa de prodigalité, mais
elle ne laissa pas pour cela son œuvre im-
parfaite, et sa patrie lui dut ce bienfait
immense dans des temps si peu riches en
lumières, de voir se préparer pour ses en-

fants une ample moisson de connaissances variées, utiles à l'âme comme au corps, et source pour tous de la prospérité des arts et du bonheur.

XXI

Hedwige était chérie de son peuple, et sa sollicitude rendait au centuple l'amour dont elle était l'objet. Les pauvres étaient ses amis de prédilection, et ses trésors étaient leur patrimoine. Les orphelins trouvaient en elle une mère; les veuves une consolatrice; les étrangers, les pèlerins ressentaient les effets de sa généreuse charité, de son hospitalité bienveillante. Tout ce qui souffrait avait un droit exclusif à sa compassion, et nulle infortune ne s'adressait à son cœur, sans recevoir de lui secours et consolation.

Sa piété, éclairée et fervente, réglait toutes ses actions. Elle avait su immoler à la gloire de Dieu et de l'Eglise cette tendre affection née au berceau, grandie avec l'âge, et qu'avait sanctifiée la volonté d'une mère chérie et la foi du serment. Ce sacrifice une fois fait, toute entière de cœur et d'âme à l'époux que Dieu lui avait donné, elle avait fait de la volonté de cet époux la sienne; de ses désirs, de ses intérêts, ses intérêts et ses désirs.

A cette piété, les églises Polonaises et Lithuaniennes devaient une foule de pieuses fondations. De vastes basiliques s'élevèrent à sa voix. Les offices divins furent célébrés avec une pompe toute royale. Les saints Evangiles furent par ses soins pieux traduits en Polonais pour la première fois. D'immenses hôpitaux, où toutes les misères étaient

accueillies, secourues, où tous les maux re-
cevaient soulagement et guérison, quand
Dieu voulait qu'ils guérissent, furent ouverts
aux pauvres et aux malades, et comme cet
ange qui descend du ciel pour visiter la
douleur, Hedwige venait s'asseoir au chevet
des hôtes sacrés de ces asiles saints, et par
des paroles inspirées donnait le courage aux
cœurs abattus, l'espérance aux âmes déso-
lées; à tous apportait les secours d'une charité maternelle et presque divine, et recevait
les bénédictions de tous.

Il eût manqué un parfum à cette fleur du
jardin de l'Agneau, si elle n'eût aimé Marie
d'un amour tendre et filial. La dévotion à
la Mère de Dieu est le cachet des âmes d'é-
lite; elle devait avoir dans le cœur d'Hedwige une part large et abondante. Ainsi en
était-il. La noble Dame Marie était toujours,

dans toutes les pensées de cette douce reine,
unie au Seigneur Jésus. Son nom, si doux,
si puissant était dans toutes ses prières; les
fêtes de Marie étaient les fêtes de son cœur.
Une sainte fondation l'atteste encore aujour-
d'hui.

Aux portes de Cracovie, comme une sen-
tinelle contre l'enfer, on voit s'élever un
monastère gothique où des enfants du Car-
mel célèbrent les louanges de la Mère de
Dieu. C'est la piété d'Hedwige qui institue
ce saint asile en l'honneur d'une fête de
Marie nouvellement établie dans l'Eglise, la
fête de la Visitation. C'est encore en l'honneur de cette Vierge auguste que, dans la
cathédrale de Cracovie, la reine fonde un
collège spécial de seize prêtres qui chante-
ront les psaumes en deux chœurs, d'après
un mode particulier. Bénie du Ciel, Hed-

wige devait aimer celle qui était bénie entre toutes les femmes ; occupée toujours de Dieu, elle devait chérir celle avec qui était le Seigneur ; et Marie à son tour devait avoir une tendresse particulière pour celle qui, du trône où elle était assise, disait à la Reine des cieux : *Régnez sur moi, vous et votre Fils.*

Tant de vertus, tant de qualités éclatantes de l'âme et du corps rendirent bientôt Hedwige célèbre dans tout le monde chrétien, et la firent regarder comme un modèle de la foi la plus vive et de la plus éminente sainteté. Les prélats admiraient les graces répandues par Dieu dans cette belle âme, et la béatifiaient à l'avance par leurs éloges et leur vénération.

Les souverains Pontifes croyaient aussi à la sainteté d'Hedwige. Elle n'avait encore que vingt ans, et dans cet âge si tendre elle recevait du pape Boniface ix une lettre des plus honorables. Le vicaire de Jésus-Christ la remercie de son dévoûment sincère à l'Eglise de Rome ; il s'excuse de lui refuser quelquefois les graces qu'elle sollicite pour ses sujets ; « cette impossibilité l'afflige » dit-il ; et dans la crainte qu'Hedwige ne se trouvât obligée parfois de céder à de fatigantes importunités, il la prie d'adopter un signe pour marquer les demandes auxquelles elle attacherait elle-même quelque considération et qu'à ce signe il lui accorderait la grace sollicitée.

Puissance suprême ! qu'êtes-vous près de ce pouvoir irrésistible de la vertu et de la piété, qui sait gagner tous les cœurs.

XXII

nom d'Hedwige était cher à tout
l'univers catholique, si tous les fidèles, à
l'exemple du Chef de l'Eglise, voyaient en
elle une sœur, une amie, une protectrice,
ses sujets, plus que tous, la proclamaient
sainte et bénie. Leur amour la suivait par-
tout où elle portait ses pas, et dans sa sim-
plicité l'entourait d'hommages plus délicieux
pour son cœur.

Tantôt une foule empressée l'entourait
pour baiser ses vêtements ou ses royales

mains; tantôt de petits enfants lui offraient un bouquet de fleurs que la douce reine ne dédaignait pas d'attacher à son corsage. Les pêcheurs lui présentaient les plus beaux poissons qu'avaient pris leurs filets; le chasseur déposait à ses pieds l'aigle blessé, tué ou pris dans son aire, ou le chamois blessé dans la montagne. Un oiseau fait captif dans un réseau tendu avec art, une peau d'ours préparée avec soin, un fruit, les premiers épis de la moisson, étaient dans le simple et tendre dévoûment des sujets d'Hedwige des présents qui témoignaient à cette souveraine chérie, l'amour dont leurs cœurs étaient remplis.

Hedwige revenait un jour de visiter l'église de *Corpus Domini*, située dans le faubourg juif de Cracovie. Comme elle traversait le pont de la vieille Vistule, elle entend

des cris de joie retentir et voit une population innombrable accourir et se presser
autour d'elle. Selon sa coutume, elle s'ar-
rête, et reconnaît bientôt la corporation des
chaudronniers de la ville.

Ces bonnes gens, heureux de se trouver
près de leur reine bien-aimée, lui expriment,
dans leur grossier langage, tout ce qu'ils
éprouvent pour elle de vénération et d'a-
mour. Ils chantent leurs airs nationaux, et
bientôt le ménétrier qui les précède joue la
ritournelle du Krakowiak. La reine s'appuie
sur la balustrade du pont, et cet acte de
popularité double la joie de ses pauvres
sujets.

Ils sont en habits de fête. Des ronds d'un
métal sonnant sont attachés à leurs ceintures,
qu'un couteau et quelques bijoux fragiles
ornent comme dans les solennités. Leurs

femmes et leurs filles qui les accompagnent
ont paré leurs blondes et longues tresses de
cheveux de rubans qui, presque tous, sont
un souvenir. Le signal a été entendu; le
chant commence; au refrain du chœur suc-
cède la danse; chaque mesure est marquée
par le cliquetis du fer qui garnit les bottines
du danseur.

Ce jour-là c'étaient des chants improvisés
en l'honneur de la reine, et la danse natio-
nale n'en était que plus animée, plus gaie,
plus brillante.

Animé par ces airs si chers aux cœurs
Polonais, et comme pour confirmer les paroles du chanteur, qui disaient à Hedwige
qué son peuple entier était prêt à mourir
pour elle, un des malheureux chaudronniers tombe du pont dans la Vistule, tour-
noie un instant et disparaît en criant encore :

« Vive l'amour de la Pologne ! vive Hedwige à jamais ! »

La reine pousse un cri d'horreur et de pitié, auquel répondent les cris de tous les spectateurs de cette scène. Les amis du malheureux, les serviteurs de la reine, tous courent, tous s'empressent. Mais, hélas ! leurs soins sont superflus ; l'imprudent n'a plus que quelques minutes à vivre. Il tend la main à sa femme, à sa fille éplorées, qui sont à genoux, près de lui lève vers sa souveraine désolée un regard plein d'un respectueux amour, et meurt en murmurant encore :

« Vive Hedwige à jamais ! »

La pieuse reine mêla ses larmes à celles de la veuve et de l'orpheline, dont le sort fut dès ce jour assuré ; puis, détachant son tablier fait d'une riche étoffe de soie verte, brodée d'or, elle en recouvrit pieusement le visage de l'infortuné qui payait si cher son dévoûment et sa tendresse.

De magnifiques funérailles furent faites au pauvre chaudronnier par ordre de la reine, qui vint elle-même y assister. La corporation des chaudronniers demanda à la reine de garder comme une précieuse relique ce tablier donné par elle à leur camarade expiré. Hedwige y consentit, et ce présent royal couvrait le pauvre cercueil de chaque chaudronnier qui passait de ce monde à Dieu ; disant à toutes les générations l'amour et la bonté de leur reine Hedwige, dont le souvenir, transmis d'âge en âge avec la pieuse tradition, vivait béni dans tous les cœurs.

La reconnaissance des Polonais conserva jusqu'en 1809 le tablier d'Hedwige, leur amour et leur gloire, durant plus de quatre siècles. A cette époque, les Autrichiens, vainqueurs de Cracovie, brûlèrent la précieuse relique pour en retirer l'or!

XXIII

Un bonheur manquait à Hedwige, elle n'était pas mère ! La Pologne partageait vivement cette douleur de sa souveraine, car avec elle s'éteindrait cette race de rois laboureurs dont elle était le dernier rejeton par les femmes. La pensée de n'avoir pas de leur reine chérie un enfant à aimer quand elle ne serait plus, était pour ces sujets fidèles la plus amère de toutes les pensées, le plus profond de tous les chagrins; car sous un fils d'Hedwige, l'héritier de ses vertus, la Pologne aurait pu compter de longs jours de bonheur et de gloire.

De ferventes prières montaient vers le Ciel de tous les points du royaume, pour obtenir de Dieu cette grace tant désirée. D'abondantes aumônes étaient versées dans le sein des pauvres, à la condition que ces amis du Seigneur demanderaient un enfant de miracle et de bénédiction, un dernier fruit de cet arbre déjà mort dans ses racines. Mais le Ciel était comme d'airain et la désolation succédait à la confiance et à l'espoir.

Tout-à-coup une heureuse nouvelle se répand avec la rapidité de l'éclair; elle vole de bouche en bouche, tous les cœurs la répètent en battant de joie : « Dieu s'est laissé fléchir ! »

Des réjouissances furent célébrées avec cet enthousiasme qui donne aux fêtes nationales

leur véritable cachet de beauté. Hedwige,
chaque fois qu'elle paraissait en public, devenait l'objet d'une ovation véritable. Son
jeune cœur aussi battait délicieusement à
l'idée du bonheur que le Ciel lui réservait;
à l'avance, elle méditait sur les graves obli-
gations que le beau titre de mère allait lui
imposer; elle envoyait vers le Ciel de ferventes prières et de vives actions de graces,
afin d'obtenir les dons nécessaires pour ac-
complir ses nouveaux devoirs.

Le roi parut ivre de bonheur quand cette
assurance lui fut donnée. Il fit partir des
courriers pour annoncer à tous les princes
chrétiens l'heureux évènement qui mettait le
comble à tous ses désirs, et il envoya au pape
Boniface IX une ambassade composée des plus
hauts prélats et des plus nobles barons, afin
de lui confier la secrète joie de son âme.

Tous les princes félicitèrent Jagellon et sa digne épouse. Le saint Père écrivit au roi une lettre pleine d'une affectueuse tendresse ; l'exhortant à bénir et à servir Dieu mieux que jamais ; il lui demandait de le choisir pour parrain de l'enfant à naître et témoignait le désir que son nom lui fut imposé.

Toute la chrétienté prit une part bien vive et bien sincère au bonheur qui advenait aux souverains de la Pologne, car, dans ces siècles de foi, la charité n'avait point encore été détrônée par l'égoïsme, et la joie, comme la tristesse, était commune à tous dans la grande famille de Dieu.

XXIV

Bientôt les intérêts de la Lithuanie, attaquée de nouveau, forcèrent Jagellon à se
séparer de son épouse bien-aimée. Mais son
souvenir ne le quitta pas un instant, il lui
écrivait chaque jour, lui exprimant toute sa
joie et tout son bonheur. Il ordonna d'ajouter à la magnificence du palais de la reine,
tout ce qu'il y avait de plus riche et de plus
somptueux dans ses trésors, disant qu'il ne
pourrait jamais assez prouver à son peuple
tout ce qu'il ressentait d'attachement et de
vénération pour son épouse.

La pieuse reine lut avec une douce satis-
faction ces preuves d'amour que lui faisait
parvenir son royal époux; mais ces frivoles
soins ne pouvaient occuper son âme, à l'approche d'une heure aussi solennelle. Sa réponse à Jagellon fut remplie de témoignages
sincères d'une vive reconnaissance; mais une
douce tristesse y régnait et découvrait à l'in-
quiète sollicitude de Jagellon les graves pensées du cœur d'Hedwige.

« Il y a long-temps, disait-elle, que j'ai
» renoncé aux pompes du siècle; ce n'est
» donc pas dans des circonstances aussi
» graves que celles où je me trouve, que
» je voudrais en user. Le Dieu tout-puis-
» sant m'a délivrée de l'opprobre de la sté-
» rilité pour me donner la grâce d'une
» fécondité glorieuse! Ce n'est pas par l'or
» et les bijoux que je veux moi rendre

» agréable à ses yeux, mais bien plutôt
» par l'humilité et la résignation [1]. »

En lisant ces lignes, Jagellon crut sentir
sur son front le battement des froides ailes
de l'ange de la mort. Son cœur se serra, il
tomba à genoux, et des larmes coulèrent de
ses yeux.

Ce fut le 12 juin 1399 que l'enfant tant
désiré de la Pologne vint au monde à Cracovie, et reçut à l'aurore de la vie les bénédictions d'un peuple ivre de joie et d'amour.
Les hérauts d'armes criaient : « Largesses ! »
en jetant à poignées l'or de la charité royale,
et le peuple répondait à ce cri par le cri
d'allégresse ordinaire à ces âges : « Noël !
Noël ! » Chant de triomphe, acclamation
d'amour qui rappelait la naissance du Libé-

[1] Notice sur Hedwige, reine de Pologne, par M. le
comte de Montalembert.

rateur de l'univers, et qui, à ce moment,
répété en l'honneur d'une autre naissance,
avait une vibration plus délicieuse encore
pour les cœurs fidèles et dévoués qui le faisaient monter au ciel.

La petite fille qu'Hedwige venait de donner à la Pologne fut aussitôt portée sur les
fonts sacrés. La cathédrale de Cracovie, témoin naguères de l'abjuration et du baptême
de son père, est préparée pour elle, et l'ange
son gardien l'attend près du baptistère où
va se régénérer son âme.

Tous les prélats des villes environnantes
étaient accourus pour l'auguste cérémonie.
Le légat du pape la présidait, et l'enfant
reçut en sa présence ce doux nom d'Elisabeth, si cher à la race de Hongrie, en
l'honneur de la sainte duchesse de Thu-
ringe, et en souvenir de son aïeule mater-

nelle, la mère tant chérie d'Hedwige. Le nom de Bonifacia fut ajouté à celui d'Elisabeth, selon le désir manifesté par l'illustre parrain de la princesse, le Pontife suprême de tous les pontifes catholiques.

Avec quelle ivresse Hedwige serra sur son cœur maternel sa fille régénérée! Comme son regard se reposa doucement sur cette enfant bénie, temple auguste de l'Esprit-Saint, fille de Dieu, héritière du ciel! Hélas! toutes deux, objets de tant d'amour et de tant d'espérances, n'allaient-elles pas bientôt peut-être y fixer leur séjour, et ce baiser maternel qu'Hedwige, au comble du bonheur, déposait sur le front de sa fille, n'était-il pas dans sa pensée un dernier adieu à tous les amours, à toutes les joies de la terre?

XXV

Tandis que les peuples de la Pologne et de la Lithuanie se livraient aux transports de l'allégresse la plus vive, tandis que Jagellon, vainqueur heureux, plus heureux père encore, se hâtait de revenir près de tout ce qu'il aimait en ce monde, salué sur son passage par les acclamations d'une population ivre de joie, la crainte et la douleur veillaient au royal palais de Cracovie.

A peine Hedwige avait-elle salué le retour de son Elisabeth, devenue chrétienne, qu'un danger imminent menaça les jours de la reine. La science conservait peu d'espoir, et l'amour d'un peuple au désespoir n'avait plus qu'à demander un miracle à Dieu.

Hedwige comprit que ce miracle ne serait pas accordé. Son seul chagrin en pensant qu'elle allait quitter la vie, fut les regrets et la douleur qui suivraient sa mort. Aussi quand Jagellon éperdu se précipita vers elle, suffoqué par ses sanglots, elle se montra grande et forte comme toujours et ranimant en lui d'éternelles espérances, elle lui montra le ciel comme l'heureux port où, sans orages et sans dangers, ils se réuniraient pour toujours.

Jagellon, moins fervent que sa sainte épouse, la conjurait de vivre pour lui, pour leur enfant qu'il venait d'embrasser avec une joie si pure. Hedwige souriait doucement et disait tout bas à Dieu : « Que votre volonté soit faite. »

L'enfant, dont les vœux de la Pologne entière avaient comme hâté la naissance, ne devait pas être privée des soins de sa tendre mère. Trois jours après sa naissance, elle reporta à son Père du ciel la robe d'innocence qu'elle en avait reçue, et les anges comptèrent une sœur de plus dans leurs phalanges immortelles.

On voulut cacher à la jeune mère la perte qui venait de fondre sur elle, dans la crainte de rendre inguérissable le mal qui la dévorait. Mais le petit ange, en s'envolant, avait sans doute dit à Hedwige un mystérieux adieu ; car la sainte reine annonça elle-même à son époux et à tous ceux qui l'entouraient, la mort de celle qui lui avait donné pendant trois jours un avant-goût des jouissances que procure aux bienheureux l'éternel amour de Dieu même.

Les jours s'écoulaient, et chacun d'eux apportait à Hedwige une douleur nouvelle. Patiente et résignée, ses souffrances n'altéraient point la douceur admirable qui avait fait le charme séducteur de sa vie. Elle demanda elle-même les derniers secours de l'Eglise, et les reçut avec la piété des saints. Tout pleurait autour d'elle, et de ses lèvres mourantes tombaient, comme une divine rosée, des paroles de paix et de consolation, qui semblaient inspirées par l'esprit de Dieu, et rendaient plus chère encore cette élue qui fuyait la terre où elle devait laisser un vide si affreux.

Persuadée que l'ignorance est l'ennemie de la Religion, elle voulut doter la ville capitale de son royaume terrestre d'une Uni-

versité, qui devait dans la suite des temps
devenir célèbre dans tout le monde. Ce fut
son dernier vœu, et sa charité légua à cet
effet tous ses bijoux, ses meubles et son
argent à l'évêque et au castellan de Cracovie
qui remplirent fidèlement la pieuse volonté
de leur souveraine.

Sa douce charité avait encore un devoir à
remplir. Elle sentait quelle immense douleur allait s'emparer du cœur de Jagellon
quand elle ne serait plus là pour l'aimer et
se dévouer à lui. Une princesse de sa famille,
Anne, comtesse de Cilley, lui parut propre
plus qu'une autre à essuyer les larmes de ce
pauvre désolé. Anne, cousine d'Hedwige,
avait d'ailleurs des droits à la couronne de
Pologne, et l'unir à Jagellon, c'était assurer
à ce dernier le trône que pendant treize ans
ils avaient partagé. Elle supplia donc ce

prince, au nom de leur mutuel amour, de choisir la comtesse pour seconde femme, et de prier avec elle pour le repos de son âme. Les larmes et les sanglots de Jagellon furent sa seule réponse; mais Hedwige avait lu son consentement dans ses regards, et maintenant elle pouvait mourir en paix.

Le 17 juillet 1399, à midi, comme les cloches de la cathédrale invitaient les fidèles à élever vers le Ciel leurs vœux et leurs pensées, la noble et vertueuse Hedwige rendait sa belle âme à son Créateur!

XXVI

Ce fut une affreuse et solennelle douleur que celle de la Pologne et de la Lithuanie, en apprenant la mort de cette reine bien aimée, dont les vertus avaient charmé tous les cœurs. Un deuil profond enveloppa toutes les âmes; on eût dit qu'en la perdant, chacun perdait une mère, une sœur, une fille, une amie.

Ses obsèques furent magnifiques. Le légat du Pape les célébra lui-même; et, si la pompe la plus solennelle attesta les regrets et l'amour du roi pour son Hedwige, les larmes de tous les assistants furent le plus éloquent éloge de la pieuse reine, que la mort enlevait à vingt-huit ans, à de si riantes espérances, à un avenir que son peuple croyait et si long et si beau.

Hedwige fut enterré dans la royale basilique, devant cet autel témoin tant de fois de sa piété touchante, de ses larmes et de ses vœux pour la gloire et le bonheur de sa patrie.

Les pauvres, les malades, les affligés, ses amis aux jours de sa puissance, guidés par une douce habitude, vinrent demander à leur consolatrice, dans sa couche mortuaire, ces bienfaits, ces graces dont si volontiers elle comblait leurs misères. La charité est plus forte que la mort. Hedwige, puissante dans son tombeau comme sur son trône, entendit le naïf récit de leurs peines, compta leurs soupirs, vit leurs larmes, et les recueillant pour les déposer aux pieds de Dieu, elle leur envoya du ciel ces douces consolations que lui demandait leur foi. Dieu faisant ainsi éclater la gloire de son humble servante et voulant que la maladie et la douleur, ces deux vengeresses du péché, cédassent aux prières de la sainte femme dont il couronnait dans sa gloire et les épreuves et les vertus [1].

Jagellon ne quitta jamais l'anneau nuptial qu'il avait reçu d'Hedwige, en mourant, il le légua à l'évêque de Cracovie, qui, dans une bataille, lui avait sauvé la vie au péril de ses jours.

[1] Godescard, dans sa Vie des Saints, tome x, p. 178, donne le titre de Bienheureuse à Hedwige reine de Pologne.

« C'est mon trésor le plus cher, lui dit-il, c'est mon bien le plus précieux. Gardez-le pour l'amour d'elle et de moi, et qu'il vous soit une exhortation perpétuelle à bien servir cette patrie que mon Hedwige a tant aimée. »

Voici quelques fragments de l'épitaphe que grava sur la tombe royale d'Hedwige l'amour du peuple dont elle avait fait le bonheur :

« Ici dort Hedwige, l'étoile de la Pologne.... Elle sut dompter son cœur par la raison et se vaincre elle-même avec la force d'un géant. Elle était la colonne de l'Eglise, la richesse du clergé, la rosée des pauvres, l'honneur de la noblesse, la pieuse tutrice du peuple. Elle aima mieux être douce que puissante ; elle n'eut pas une étincelle d'orgueil ni de colère....; Hélas ! cette royale étoile s'est couchée ! elle a péri, la consolatrice des malheureux ; elle a péri , notre dame, notre mère, notre espérance et notre confiance.... O Roi des cieux, reçois dans ton paradis cette reine des Polonais ! »

Pieuse et douce reine , pardonnez si, après tant de siècles, ma main si faible a voulu jeter aussi une humble fleur sur votre tombeau ! Si je n'ai pas flétri votre gloire en restant trop au-dessous du noble sujet qui inspirait mon cœur, si ces lignes, trop peu dignes de vous, engagent une seule âme à chercher le bonheur dans cette religion dont vous étiez l'honneur et la joie, gloire à Dieu, gloire à vous, et paix et miséricorde pour moi qui ai osé bégayer vos louanges.

SAINTE HEDWIGE

DUCHESSE DE POLOGNE.

Le nom d'Hedwige rappelle une autre sainte, non moins chère à la Pologne, qui a vécu plus d'un siècle avant la pieuse reine dont nous venons d'esquisser la vie. Le récit de ses vertus doit trouver ici sa place et sera lu avec intérêt et édification.

Hedwige eut pour père, Bertold d'Andech [1], marquis de Méran, prince ou duc de Carinthie et d'Istrie. Elle eut trois sœurs, dont l'aînée fut mariée à Philippe-Auguste, roi de France, la seconde épousa le roi de Hongrie, et la troisième fut abbesse d'un monastère. De ses quatre frères l'aîné devint patriarche d'Aquilée, et le second évêque de Banberg.

Hedwige fut formée de bonne heure à la vertu, autant par les exemples que par les leçons de sa pieuse mère et des personnes qui étaient auprès d'elle: On ne voyait en elle aucune marque de légèreté dès l'enfance, et toutes ses inclinations étaient tour-

[1] Le château d'Andech appelé aujourd'hui *Montagne Sainte*, parce qu'on y a enterré un grand nombre de saints, est en Bavière, près de Diessen.

L'illustre famille des comtes d'Andech a produit un grand nombre de saints, dont il est fait mention dans les martyrologes de Bavière et d'Autriche.

nées vers la piété. On la mit, étant encore fort jeune, dans un monastère, et on l'en retira bien jeune, pour la marier à Henri, duc de Silésie. Si elle consentit à ce mariage, ce ne fut que par obéissance à ses parents. Sa fidélité à remplir ses différents devoirs, la rendit semblable à cette femme forte dont l'Esprit-Saint a tracé le portrait, et qu'il faudrait aller chercher aux extrémités de la terre. Toutes ses pensées et toutes ses actions n'avaient pour but que la gloire de Dieu, sa sanctification et celle de sa famille. Elle eut six enfants, trois garçons et trois filles, qu'elle s'appliqua à élever dans la crainte du Seigneur et dans l'accomplissement de tous les devoirs religieux.

Ladislas, duc de la Grande Pologne, ayant été chassé de ses états, on offrit à

Henri cette principauté en 1233. Hedwige employa tous les moyens possibles pour le détourner d'accepter cette offre; mais elle ne put y réussir. Il se mit donc à la tête d'une armée, les princes voisins n'osèrent lui résister, il prit tranquillement possession de la principauté, et c'est depuis ce temps-là qu'on le trouve appelé duc de Pologne.

La prédilection du duc pour Conrad, son second fils, le lui faisait désirer pour successeur. Hedwige n'approuva point sa conduite; elle se déclara même pour Henri qui était l'aîné de ses enfants, en quoi elle suivait le parti de la justice. Les deux frères conçurent l'un pour l'autre une haine profonde. Leur mère voulut inutilement les réconcilier, ils en vinrent à une guerre ouverte : Conrad fut entièrement défait, et il mourut peu de temps après dans la retraite et dans la pénitence. Cet évènement fut antérieur de plusieurs années à la mort du père des deux princes. Hedwige en prit occasion de déplorer, avec encore plus d'amertume, les misères de l'aveuglement du monde, et de détacher plus parfaitement son cœur des choses créées. Dans l'adversité comme dans la prospérité, Dieu était son unique consolation.

Elle engagea le duc à fonder un monastère de religieuses, sous la règle de Cîteaux, à Trebnitz, peu éloigné de Breslau. Ce monastère fut richement doté. On y entretenait mille personnes. Il n'y eut d'abord que cent religieuses; le reste de la communauté était composé de jeunes demoiselles dont les familles étaient pauvres. On les élevait dans la piété, après quoi on les établissait

convenablement dans le monde, lorsqu'elles
ne se sentaient point de vocation pour la vie
religieuse. Le monastère de Trebnitz fut
quinze ans à bâtir, et on n'en dédia l'église
qu'en 1210. On employa à la construction
des bâtiments, les malfaiteurs de Silésie, au
lieu de les condamner aux supplices portés
par les lois ; et la rigueur de leur servitude
était proportionnée à l'énormité de leurs
crimes.

La duchesse menait dans son palais une
vie très-austère. Elle avait toujours auprès
d'elle treize pauvres qu'elle nourrissait, en
l'honneur de Jésus-Christ et de ses apôtres.
Elle les servait elle-même à table, et souvent à genoux, avant de prendre ses repas.
Elle lavait les ulcères des lépreux, et donnait
à ces malheureux, séquestrés de la société
humaine, les marques les plus touchantes

de respect et d'affection. Enfin, elle employait tous ses revenus à soulager ceux qui se trouvaient dans le besoin.

Jamais elle n'avait aimé les parures, qui fixent ordinairement l'attention des personnes de son sexe, et qui sont la source de tant de fautes. Mais lorsqu'elle eut une fois renoncé au monde, on ne lui vit plus porter que des habillements grossiers. Animée d'un désir ardent d'avancer dans la perfection, elle quitta son palais, du consentement de son mari, et alla se fixer près de Trebnitz. Elle se retirait quelquefois pendant plusieurs jours dans le monastère, où elle demeurait dans le dortoir des religieuses, et pratiquait toutes les observances de la communauté. Quoique sa santé fût très-délicate, elle passa quarante ans sans manger ni viande ni poisson. Elle ne s'écarta qu'une seule fois de

cette règle qu'elle s'était faite, à l'occasion
d'une maladie qu'elle eut en Pologne; et
il fallut, pour l'y déterminer, un ordre du
légat du pape. Les mercredis et les ven-
dredis, du pain et de l'eau faisaient toute
sa nourriture; quelque rigoureuse que fût
la saison, elle allait ordinairement nu-pieds
à l'église; et on aurait pu quelquefois la
suivre à la trace de son sang. Mais elle
portait sous son bras des souliers qu'elle
mettait quand elle rencontrait quelqu'un.
Jamais elle ne se servait du lit qui était dans
sa chambre; elle prenait sur la terre nue
le peu de repos qu'elle accordait à la nature. Elle passait une grande partie de la
nuit en prières, et ne se recouchait point
après matines. Pendant son travail, elle était
toujours en la présence de Dieu; plusieurs
fois dans la journée elle allait à l'église, où

elle se cachait dans un endroit retiré, pour donner un plus libre cours à ses larmes. La princesse Anne, sa belle-fille, qui l'accompagnait ordinairement, ne pouvait se lasser d'admirer sa ferveur; elle remarquait les consolations intérieures qu'elle goûtait dans ses communications avec Dieu, et les ravissements dont elle était quelquefois favorisée. Lorsque la Sainte n'était point aperçue, elle priait prosternée sur la terre, qu'elle baignait de ses larmes. Sa ferveur redoublait encore aux approches de la communion. Elle entendait, autant qu'elle le pouvait, toutes les messes qui se disaient chaque jour dans le lieu où elle était.

Hedwige, qui savait que la piété est fausse sans l'humilité, se regardait comme la dernière des créatures. Elle était tellement maîtresse de son cœur, qu'il ne lui échappait

jamais aucun signe de colère ni même d'é-
motion. Lorsqu'elle vivait dans le monde,
la manière dont elle reprenait les personnes
attachées à son service, annonçait la tranquillité de son âme; mais cette tranquillité
parut surtout dans les épreuves qu'elle eut
à soutenir.

Ayant appris que le duc de Pologne avait
été blessé dans une bataille, et fait prisonnier par le duc de Kirne, elle dit sans émo-
tion « qu'elle espérait le voir bientôt en
liberté et jouissant d'une santé parfaite. »
On fit au vainqueur différentes propositions
pour obtenir la liberté de son prisonnier,
mais elles furent toutes rejetées. Henri, fils
aîné de la Sainte, crut alors devoir lever
une armée puissante pour voler au secours
de son père. Hedwige prévint l'effet de cette
guerre; elle alla trouver en personne le duc

de Kirne, et elle sut si bien le toucher qu'elle obtint de lui tout ce qu'elle lui demanda.

Le duc de Pologne, frappé des exemples de vertu qu'il voyait dans son épouse, lui laissa une entière liberté par rapport à sa manière de vivre. Il devint lui-même insensiblement son imitateur. Il avait dans son palais la modestie et le recueillement d'un religieux ; il était le père de son peuple ; les pauvres et les malheureux trouvaient en lui un protecteur et un appui. Il ne s'occupait que des moyens de rendre une exacte justice à ses sujets, et de faire fleurir la piété dans ses états. Il mourut saintement en 1238.

Les religieuses de Trebnitz donnèrent en cette occasion les marques d'une vive douleur. Hedwige, pleine de soumission aux décrets de la Providence, les consolait en leur disant : « Voudriez-vous vous opposer à la volonté de Dieu ? nos vies sont à lui ; nous devons trouver notre consolation dans tout ce qu'il lui plaît d'ordonner, et nous soumettre quand il juge à propos de nous enlever de ce monde, ou de nous priver de nos amis. » La tranquillité de son âme et la sérénité de son visage montraient encore plus que ses paroles, combien elle avait fait de progrès dans les vertus qu'elle recommandait aux autres, et jusqu'à quel point la foi triomphait en elle des sentiments de la nature.

Elle prit alors l'habit parmi les religieuses de Trebnitz, et vécut sous la conduite de sa fille Gertrude, qui était abbesse de cette maison. Elle ne fit cependant point de vœux, afin d'être toujours à portée de secourir les malheureux par ses aumônes. Les religieuses ne pouvaient penser sans admiration à son humilité et à sa douceur. Comme elle ne portait que des habits tout usés, une des sœurs lui dit un jour : « Pourquoi portez-vous ces haillons ? il vaudrait mieux les donner aux pauvres. — Si cet habit vous offense, répondit la Sainte, je suis prête à me corriger de ma faute. » Elle le quitta sur-le-champ, et en prit un autre.

Trois ans après la mort de son mari, elle eut la douleur de perdre son fils Henri le *Pieux*, duc de la grande et petite Pologne et de la Silésie. Les Tartares venus du Nord de l'Asie ne se proposaient rien moins que d'envahir toute l'Europe. Ayant ravagé tout le pays qui s'était trouvé sur leur passage, en traversant la Russie et la Bulgarie, ils arrivèrent devant la ville de Cracovie eu

Pologne. Ils la trouvèrent abandonnée de ses habitants, qui s'étaient enfuis avec ce qu'ils avaient de plus précieux. Ils y mirent le feu, et il n'en resta rien que l'église de Saint-André, qui était hors l'enceinte des murailles. De là ils passèrent dans la Silésie, et vinrent se présenter devant Breslau. Mais ils levèrent bientôt le siége, et se retirèrent du côté de Legnitz; on attribua leur fuite aux prières d'un saint religieux de l'ordre de St-Dominique, nommé Celas ou Cieslas.

Le duc Henri rassembla tout ce qu'il avait de troupes pour s'opposer à l'ennemi. Tous les soldats de son armée se confessèrent et communièrent. Après quoi, tout remplis de courage, ils marchèrent contre les Tartares, résolus de vaincre ou de mourir. Henri avait dans son armée Miceslas, duc d'Oppeleu, dans la haute Silésie, Boleslas, marquis de

Moravie, et plusieurs autres princes. Il donna dans le combat les plus grandes preuves de valeur et de prudence, et il eut quelque temps l'avantage ; mais son cheval ayant été tué sous lui, il perdit lui-même la vie près de Legnitz. On porta son corps à la princesse Anne, sa femme, qui l'envoya à Breslau, où il fut enterré dans le couvent des Franciscains, que l'on bâtissait alors. Ses enfants, que l'on avait renfermés dans la citadelle de Legnitz, échappèrent à la fureur des infidèles. Hedwige s'était retirée elle-même, avec ses religieuses et la princesse Anne sa belle-fille, dans la forteresse de Crosne.

A la nouvelle du désastre dont nous venons de parler, la princesse Anne et l'abbesse de Trebnitz furent plongées dans la plus vive affliction. Hedwige, toujours mattresse d'elle-même, les consolait. « Dieu, leur dit-elle, a disposé de mon fils comme il lui a plu. Nous ne devons avoir d'autre volonté que la sienne. » Puis, levant les yeux au ciel, elle fit la prière suivante :

« Je vous remercie, ô mon Dieu, de m'avoir donné un tel fils, qui n'a cessé de m'aimer et de m'honorer, et qui ne m'a jamais causé le moindre déplaisir. Le voir vivre était pour moi un grand sujet de joie; mais j'en ressens une non moins grande de le voir mériter par sa mort, de vous être uni dans votre royaume. O mon Dieu, je vous recommande de tout mon cœur son âme qui m'est si chère. »

Sa résignation et sa fermeté produisirent leur effet. C'était ainsi qu'elle faisait passer dans l'âme des autres, les sentiments dont elle était pénétrée elle-même.

Son humilité fut récompensée du don des miracles. Elle rendit la vue à une religieuse aveugle, en formant sur elle le signe de la croix. L'auteur de sa vie rapporte plusieurs autres guérisons miraculeuses dont elle fut l'instrument. Se voyant attaquée de la maladie dont elle mourut, elle voulut recevoir l'extrême-onction, lorsqu'on ne la croyait point encore en danger. Elle ne cessa de méditer jusqu'à son dernier soupir, sur la passion de Jésus-Christ, afin de se préparer au passage de l'éternité. Dieu l'appela à lui le 15 d'octobre 1243. On l'enterra dans le monastère de Trebnitz. Elle fut canonisée par Clément IV, en 1266; et l'année suivante on renferma ses reliques dans une châsse.

FIN.